風《かぜ》のほとり

小関 秀夫 詩集
阿見みどり 絵

もくじ

私《わたし》の造語《ぞうご》が生まれるとき――

作品に流れている
詩脈《しみゃく》のようなものを
すくいとってみたいのです
そうしますと
色づかい　音づかいが見えてきます
これらをたて糸　横糸にして
織《お》りあげてみますと
新しい言葉の布地《ぬのじ》が
生まれてくるのです

Ⅰ

春

風のほとり　6

藤《ふじ》の実《み》　弾《は》ぜるころ　8

星《ほし》のこもれ陽《び》　10

白樫《しらかし》の林のなかで　12

一輛電車《いちりょうでんしゃ》の走《はし》るまち　14

白《しろ》い手袋《てぶくろ》　16

雨月《うげつ》をまえに　18

通信欄《つうしんらん》　20

入学式《にゅうがくしき》のまえの日に　22

Ⅱ

夏

湿原《しつげん》の朝　26

小さな川で　28
夏史《かふみ》　30
螢夏楼《けいかろう》　32
八月のほおずき　34
ベトナム　朝焼《あさや》けの日《ひ》　36
釧路湿原《くしろしつげん》に在《あ》りて　38

Ⅲ　秋

アルバム開《ひら》いて　42
秋の手紙　44
山仕事　46
琥珀《こはく》まで　48
穂波《ほなみ》のしたは　50

せんだんの実

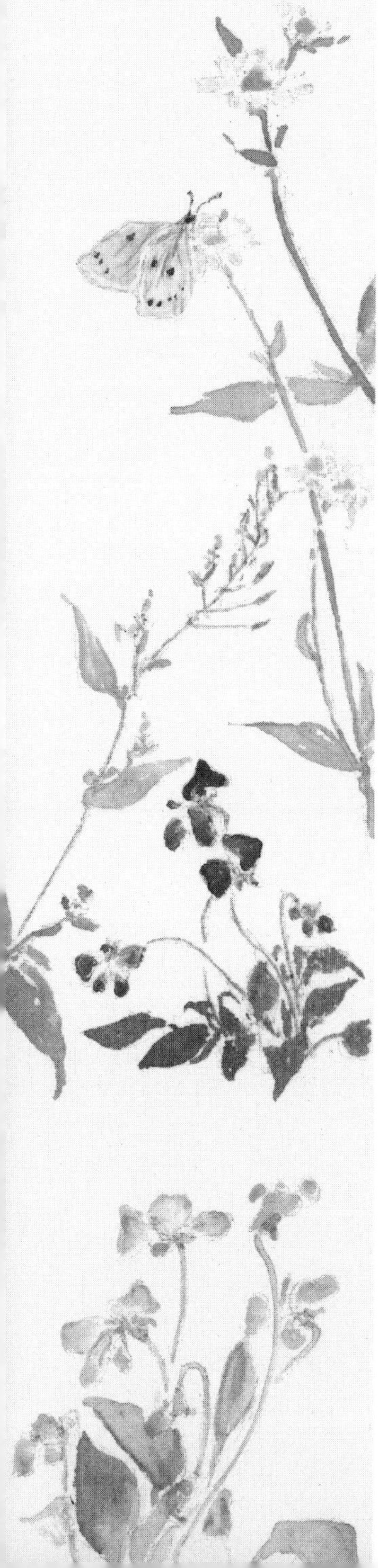

Ⅰ 春

風のほとり

季節《きせつ》の分水嶺《ぶんすいれい》は
いつも
あのころだったと
あとになって思い返《かえ》します

たしかにあって
だれもが
そこを歩いて
いたのですから

思いだしてください
おもわず
立《た》ちどまったときのこと

そう　そこが
風のほとりなのです

藤《ふじ》の実《み》　弾《は》ぜるころ

裸木写《はだかぎうつ》すガラス窓
そろそろあけては
いかがです

風もさほどに
ありません
ひかえめがちに
たたく音
パラン　パランパランと

たたく音
冬明《ふゆあ》け間近《まぢか》な
このごろは
藤の実打《う》ちます
弾ぜてます

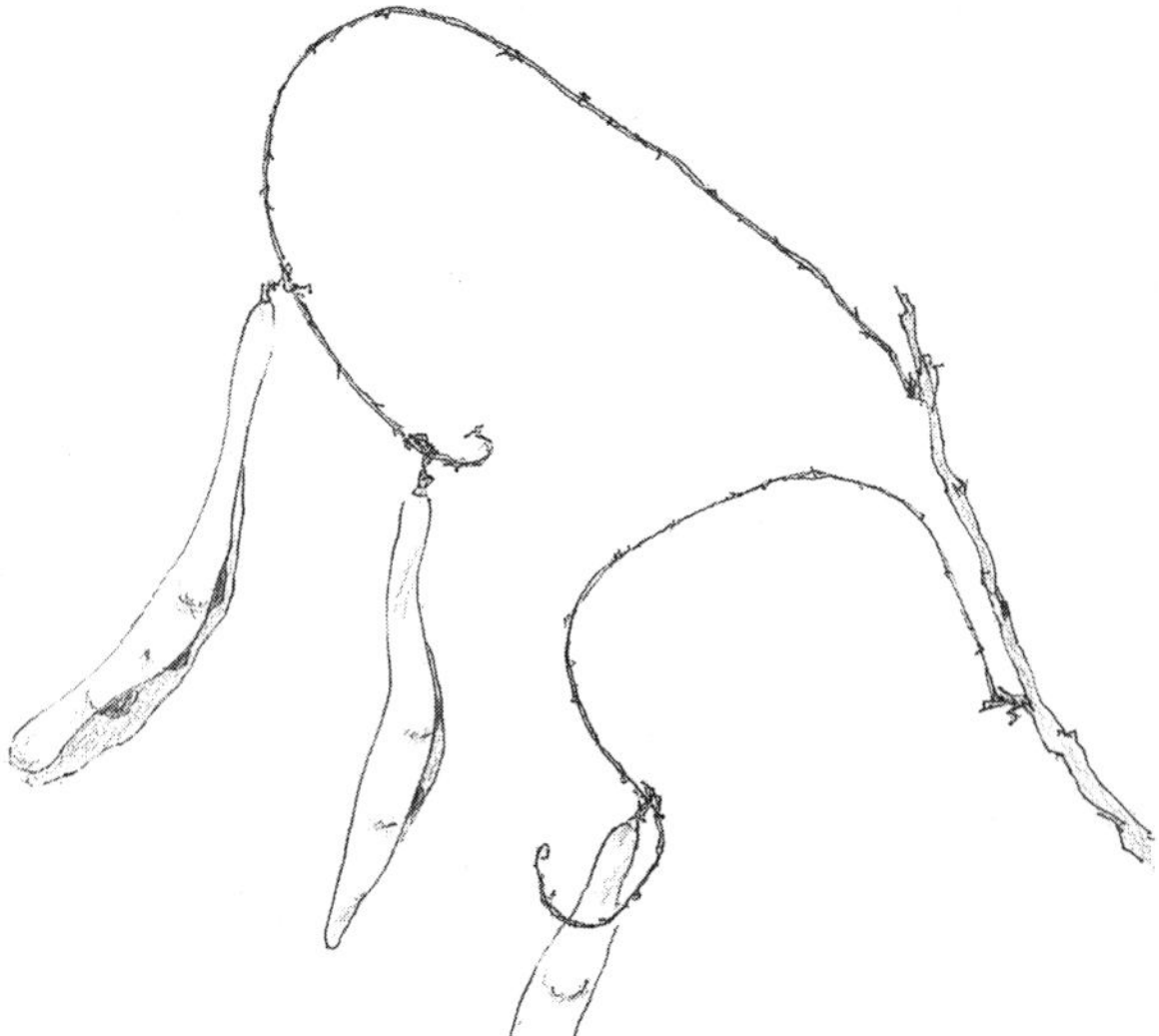

星《ほし》のこもれ陽《び》

モンベルデにて

夜半過《やはんす》ぎ
オープンテラスからみる星空は
何億光年《なんおくこうねん》などという
宇宙《うちゅう》の距離《きょり》よりも
ここでは
おなじ町内《ちょうない》にいるように
かがやいているのです

風は海風から山風に
かわったようですが
星のこもれ陽は
木立《こだち》のそよぎのなか
朝までつづく
ことでしょう

白樫《しらかし》の林のなかで

雑木林《ぞうきばやし》のなかですが
みつけてくださいね
名前は白樫といいますから

冬の終りの　とある日に
こんな手紙とも
思える風が
吹くのです

そんな仕草《しぐさ》の風を
人は
春一番《はるいちばん》といっていますが
迷《まよ》うようでしたら
聞いてくださいね

一輛電車《いちりょうでんしゃ》の走《はし》るまち

継目《つぎめ》の音を聞きながら
一輛電車は走ります
窓から海風吹《ふ》きぬけて
匂《にお》いはいまも車内《しゃない》です

永《なが》くはないよこの線も
日焼《ひや》けの顔に歯《は》もまばら
土地の人の話です
昔と今がかさなって

ポツリ　ポツリと話します

もうすぐ駅です

ゆっくりと

背負《せお》ったものが重いのか

線路《せんろ》と車輪《しゃりん》に

きしむ音

白《しろ》い手袋《てぶくろ》

この先の踏切《ふみきり》り
通学路《つうがくろ》になっているから
速度計《そくどけい》を見なくても
横切《よこぎ》る風で速《はや》さはわかるようだな
三十分に一本の時刻《ダイヤ》だから
乗《の》り遅《おく》れのないよう
気づかってあげたいね
余裕《よゆう》ということかな

ともかく見習《みなら》いは今日で終り
白い手袋　これはお祝《いわ》いだ
少年の日の夢《ゆめ》につながる
若者《わかもの》の後姿《うしろすがた》がすこしゆれた

新米運転手《しんまいうんてんしゅ》の明日《あした》から
白い手袋の指差《しさ》する先《さき》
まぶしく　こぶし咲《さ》く沿線《えんせん》

雨月《うげつ》をまえに

排水口《はいすいこう》が
東京湾《とうきょうわん》にそそいでいたら
あの工場《こうじょう》が
大阪湾《おおさかわん》に臨《のぞ》んでいたら
そんなこと
ひとことも言っていません
わたしたちのようなものが
最初で最期《さいご》であって
ただそれだけを

願っているのです

こたえてください
国も県も工場も
一九五五年五月一日
あの日につづく水俣《みなまた》の
雨月はいまも
晴れぬまま・・・

通信欄《つうしんらん》

季節の便《たよ》り　書きますか
それとも　家族のことですか
街《まち》や友や　祭日《まつりび》の
思い出　たしかめあいますか

通信欄のちいさな余白《よはく》
あなたが　あなたに送ります
日頃《ひごろ》の営《いとな》み　すこし誉《ほ》め
照《て》れくさそうな　数行《すうぎょう》の

そんな便り　いかがです

入学式《にゅうがくしき》のまえの日に

運動靴《うんどうぐつ》のつま先《さき》で
おもいきり大きく
書きました
校舎《こうしゃ》のどこから
見てみても
だれにも見える校庭に
入学式のまえの日に
名前を大きく
書きました

祖父《じい》と手つなぎ
書きました
もう心配《しんぱい》いらないね
友だちたくさん
できるよね

Ⅱ 夏

湿原《しつげん》の朝

のこり露《つゆ》が
おもたいのでしょうか
野あざみの茎《くき》で
朝日にむかって
とんぼは時《とき》をまっています

湿原の光は
雲を染《そ》めあげ
かすかにゆれる

羽先《はさき》のつゆは
朝の蛍火《ほたるび》のようですね

小さな川で

だれも好きに
呼《よ》んでます

名前もないような
川ですから
地図に載《の》るわけありません
夏草のなかにとけこんで
おだやかさを

わかち合うように
魚が光り
水が光っています

小さな流れが
のせていきます
遠《とお》くで遊ぶ
声までも

夏史《かふみ》

つばひろの
麦《むぎ》わら帽子《ぼうし》の思い出は
それほど遠い日の
ことであったと思えません

宿題《しゅくだい》終えた午後からは
ただ　ただ　汗《あせ》してかけぬけた
だれもが日焼《ひや》けの顔と顔
遊びつかれたうしろから

夕日が背丈《せたけ》をながくして
鳥もち竿《ざお》がゆれていた
虫かご　とんぼが空見てる
そんなささいなことだけど

区切《くぎ》りの時《とき》がすぎるころ
忘《わす》れものはないですか
なにか問われているような

夏史＝作者の造語《ぞうご》です。
それぞれの人のそれぞれの夏の思い出です。

螢夏楼《けいかろう》

きのうのいっ時《とき》
湧《わ》き立つ夏雲《なつぐも》を見ました
梅雨《つゆ》もそろそろ終りですね

さきほどまでの雨もあがり
竹の葉に　かすかに夕日が
色を残《のこ》していました

ちいさな風のそよぎを

乗りつぐように
薄暮《はくぼ》のなかを
光の糸が流れていきました

「螢夏楼」は作者の造語《ぞうご》です。
夕立の後、蛍《ほたる》の飛びかう様子なのです。

八月のほおずき

ただ　ただ
輝《かがや》いている
それだけの赤ではない
それでいて
また深すぎる赤でもない

その場にいたとか
話しに聞いたとか
何かで見たとか

それぞれの想《おも》いの一日が
あの日とおなじ間隔《かんかく》で
過《す》ぎていく

八月のほおずきを見るとき

ベトナム　朝焼《あさや》けの日

月日《つきひ》は　定《さだ》かではありません
一八九〇年
とある日　といたしましょう

この日のベトナムの朝
朝焼けは
どれほど輝《かがや》いたことでしょう
まちつづけた人《ひと》びとは
見あげて思ったことでしょう

なにか予感《よかん》したでしょう
世代《せだい》はその後《のち》かわっても
語《かた》りつづけたことでしょう

ホー・チ・ミンの生まれた
あの日の朝の　朝焼けを
父が母が見たという
そんな人に会いたくて

釧路《くしろ》湿原《しつげん》に在《あ》りて

雌《め》阿《あ》寒岳《かんだけ》の根《ね》雪水《ゆきみず》
集め潤《うるお》う湿原《しつげん》を

流れる雲を追うように
気《き》晴《は》れる花を愛《め》でながら
葦原《あしはら》深くその奥《おく》の
貴高《けだか》き生命《いのち》のたんちょうに
想《おも》いめぐらせ木道《こみち》行く
出会いの友との語《かた》らいは
歩《あゆ》みもいつしか

かろやかに

Ⅲ 秋

アルバム開《ひら》いて

ここはどこであったかな
ゆかた姿《すがた》がなつかしい
これはいつのことだろう
思い出せない顔がある

いまはどうしているだろか
肩《かた》を並《なら》べた顔と顔
みんな元気でいるだろか
声まで聞こえてくるような

写真の裏《うら》から沁《し》み出《い》でる
風や水や木吹《きぶ》きまで
夕照色《せきしょういろ》のアルバムは
時《とき》の貯蔵庫《ちょぞうこ》　つづる友

木吹き＝作者の造語《ぞうご》です

秋の手紙

知っていますか
海に忘《わす》れてきた
あの麦《むぎ》わら帽子《ぼうし》のこと
いま　海鳥《うみどり》の親子が
羽根《はね》を休《やす》めているそうです

知っていますか
山に忘れてきた
あのクレパスのこと

いま　山鳥《やまどり》が
木《こ》の葉《は》を
ぬりかえているそうです
手紙の消印《けしいん》は
九月の日射《ひざし》です

山仕事

枝《えだ》を打《う》ち
下草《したくさ》を刈《か》り
百年前の苗木《なえぎ》に
手を入れて
風を吹《ふ》きぬかす

祖父《そふ》がしたように
父が語りかけたように
気のせいでしょうか

聞えてきませんか
鉈《なた》打《う》つ音に　木挽《こび》く音

いま杉木立《すぎこだち》は
ゆったりと　時《とき》を刻《きざ》む
日時計なのかも
知れません

琥珀《こはく》まで

力強い根張《ねは》りと
誇《ほこ》らしげな枝《えだ》が
神社松《じんじゃまつ》といわれた
あなたの姿《すがた》でした

六百年ものだと惜《お》しまれて
チェーンソーにかけられたのは
五年も前のことでした

反《そ》り返《かえ》しがないように
野枯《のが》らしにされ
木肌《きはだ》を残《のこ》すようにして
一枚板《いちまいいた》となったいま

松肌《まつはだ》のうちから
しぼりだすような白《しろ》い樹液《じゅえき》は
琥珀への
心残りなのでしょうか

根張り＝粘《ねば》りとの掛詞《かけことば》的な、作者の造語《ぞうご》です

穂波《ほなみ》のしたは

ここは秋のさなかです
実《みの》りの穂波に吹《ふ》く風は
いきつもどりつ　さわさわと
とき折《お》り鳴《な》ります無機質《むきしつ》の
すずめおどしの音だけが
わたる風に相乗《あいの》りし

夕凪《ゆうなぎ》　時《とき》を移《うつ》すころ
穂波の下の住《す》み人《びと》は
今日の夜半《よわ》のいとなみに
息をひそめて　羽《は》づくろい

秋の暮《く》れ

なかなか　なかなか
はじまらない
赤とんぼの綱引《つなひ》きは
みんながおなじほうを見《み》て
だれが相手かわからない

なかなか　なかなか
はじまらない
赤とんぼの綱引きは

まちくたびれた秋風に
羽根《はね》をふっているばかり

なかなか　なかなか
はじまらない
もうすぐ日の暮れ
秋の暮れ

過《す》ぎる秋に

そろそろ
盛《さか》りの秋も
静かになりそうですね

渡《わた》りの鳥が
飛びはじめたとのこと
つばさに載《の》せた
それぞれの秋が
ひと休みするのは
どのあたりでしょう

そういえば
君のはばたきは
次の春だけど
今は希望《きぼう》の荷造《にづく》りを
している　ころですか

ブランコゆれて

二重《ふたえ》三重《みえ》の葉の秋も
すっかりわすれた公園で
ちいさくブランコゆれている

夏の盛《さか》りに子どもらと
遊んだ日々《ひび》を思い出し
いきつもどりつたしかめて
ときおり吹《ふ》ける風の中
けやきの葉々《はば》が舞《ま》いながら

まとわるように語りかけ
うなずくように
ゆれている

晩秋《ばんしゅう》のころ

軒下《のきした》のつるし柿《がき》
すこしずつ白くなってゆきました
さきほどから
喰《た》べごろを見計《みはから》っているのでしょうか
ツグミが葉落《はお》ちした枝先《えださき》で
首をかしげているのです

目が合わないよう
カーテンをひいて

さあ、お喰《た》べと
いっているのですが

作った人の気持ちを
さってしてか
まずは　どうぞというように
かん高《だか》いさえずりを　二、三度して
ツグミは
晩秋の色に溶《と》け込《こ》むように
飛びさっていきました

望野《のぞみの》から

東北の山々をつきぬけるような
高速自動車道《こうそくじどうしゃどう》
見《み》あげるほどの橋脚《はしげた》のした
そこに望野は在《あ》ります
半世紀も前のこと
この地に新しい農業　酪農《らくのう》を
ランプの下で夢《ゆめ》を語り合った
多くの若者《わかもの》　家族がいました
そんな人たちが望野と名づけたのです

夏、冬いくたびか過《す》ぎて
大きな社会のうねりのなか
やがて二戸《こ》が去《さ》り、三戸が去って
村はさびしくかたちを変えていきました

腐《く》ちた家は形のままに
つる草《くさ》が生《お》い茂《しげ》り通《かよ》った街《まち》への道は
夏草《なつくさ》のなかにその姿《すがた》もありません

今　望野の集落《しゅうらく》は眠《ねむ》ったまま
わたしたちに
なにか託《たく》しているのでは
そう思えてなりません

Ⅳ 冬

山茶花《さざんか》のころ

二番穂《にばんほ》が　寒そうに
吹《ふ》かれています　田面《たのも》です

いつものころの　このごろに
だれがともなく　話します

積《つ》もる雪や　つるし柿《がき》
故郷《ふるさと》の思い出話が盛《さか》るころ

山茶花は
あかいつぼみをほどきます

露時雨《つゆしぐれ》

よくのびた草丈《くさたけ》
枝垂《しだれ》のように茂《しげ》った葉々《はば》
草虫《くさむし》たちは　どれほど
助かったことでしょう
この夏は
暑さつづきでしたからね
秋も過《す》ぎ　初冬《しょとう》のいま
おつかれさまというように

枯野《かれの》をしっとりと
つつんでいるのは
露時雨の
肌着《はだぎ》なのかもしれません

雪法師《ゆきぼうし》

雪をのせた
枝下《えだした》の赤い実
雪法師と名づけましょう
ここに在《あ》りますよ
と、いうように
この季節《きせつ》に
かがやいているからです
さっきも　そのまえも

だいじそうに
ついばんでいった
コガラやシジュウカラは
いま巣床《すどこ》に置《お》いて
暖《だん》をとってる
ことでしょう

雪法師＝作者の造語《ぞうご》です。雪帽子《ゆきぼうし》は、ぼたんゆきのこと。

花水雲《はなもずく》

二月も末《すえ》だというのに
春はまだまだ遠いのでしょうか
ここ伊良湖岬《いらこみさき》の海風《うみかぜ》は
すこしばかり
つめたくて　しっとりとして
時《とき》に吹《ふ》きつけ　時に凪《な》いで
いまごろは昨日《きのう》も今日《きょう》も

春に向《む》けて吹くのですよ、と

海岸線《かいがんせん》の砂防林《さぼうりん》の先は
菜畑《なばたけ》の風留《かざどま》りです

黄色い花穂《はなほ》がゆらゆらと
そう
花水雲のようと
いったらいいのでしょうか

花水雲、風留り＝作者の造語《ぞうご》です。

つぼみ菜《な》

つぼみ菜　一群《ひとつ》
斜面《しゃめん》に　一群
たいせつなもの　菜の芽《め》のなかに

開いたそのとき
なになに出《で》るの
空に似合《にあ》った　風ですか
風に似合った　香《かお》りかな
それとも春への　語りかけ

つぼみ菜　一群
斜面に　一群
冬日《ふゆび》つづく日
いつの日開く

つぼみ菜＝ふきのとうを表現《ひょうげん》した作者の造語《ぞうご》です。

木造校舎《もくぞうこうしゃ》の三月は

明治《めいじ》の祖父《そふ》が走りぬけ
昭和《しょうわ》の母がながめてた
時代《とき》の影絵《かげえ》は旗《はた》・小旗《こばた》

日盛《ひざか》り　こもれ陽《び》　瓦屋根《かわらやね》
虎落《もがり》の笛《ふえ》の音《ね》　ガラス窓《まど》
一つ一つを刻《きざ》み込《こ》み

辺《あた》り温《ぬく》もる三月は

校歌にはじまる式のあと
似合《にあ》いのスカーフ　金釦《きんぼたん》
夢《ゆめ》見て語る　子《こ》どもらの
思い出　希望《きぼう》　さまざまを

地木《じぼく》の校舎の語部《かたりべ》は
今日は　ただただ
聞くばかり

虎落の笛…虎落笛《もがりぶえ》。冬のはげしい風が柵《さく》・竹垣《たけがき》などに吹きつけて、
笛のような音をだすこと。

あとがき

小関　秀夫

尊敬してやまない詩人、文学者、高野辰之さんの書き綴られた作品の足元、いやその足元の先でいい、かすめるだけでもいい、そんな思いが頭の中にいつもありました。

作品は「風栞《かざしおり》」「風のほとり」に五十年をかけて詩集におさめさせていただきました。

高野辰之さんの作品に満々ている、自然への熱き想い、そこに生活する人々への眼差し、季節々々が創り出す風景、これらが泌み込んでいるのではと勝手に思いながら、原稿用紙に向かう事がしばしばあるのです。

詩が唄われるようになれば、それに越したことはないのですが、ハードルを下げて言葉という水絵の具で画く一枚の水彩画が画ければと思って書いた作品も沢山ありました。

どの作品も仕上がった時の場所や年月日は今も鮮やかにうかんできます。

そんな日々を送ってこられたことを、私なりに仕合わせであったと思えてなりません。

考えるまでもないのですが、自然に寄りそうように生きる人間、その生活は不変ですし、時代を先取りすることもなく、なにかに迎合することもなく、私なりの身勝手な言葉の水彩画を感じとっていただければと思っているのです。

こうして書き続けてこられたのも、どれほど多くの方々との出会い、はげましがあったことでしょう。

これらも私にとっては水彩画を画く絵筆であったと思えるこのごろです。

平成二十二年　六月

詩・小関　秀夫

1941年　東京生
都立大森高校卒
第一詩集　風栞（銀の鈴社刊）
〒339-0032　さいたま市岩槻区南下新井406-152

絵・阿見　みどり（本名：柴崎俊子）

1937年　長野県飯田市生　都立白鴎高校を経て、東京女子大学国語科卒。

野の花画家。長谷川朝風（院展特待）に師事する。

編集者としてジュニアポエムシリーズの企画（35年前）、編集をライフワークとして現在に至る。

風のほとり　——画家のひとこと——

早春の伊良湖岬に野の花スケッチツアーで行きました。

菜の花畑のはるか向こう、黄色い地平線にポツンとひとり、詩人が思索にふけっておりました。

「ぼくはことばのスケッチで参加する」と。

そのとき芽ぶいて生まれたことばです。

風のほとり、季節の分水嶺、花水雲《はなもずく》。

あれから何年経ったでしょう。

詩人の心の中で浄化され、病の峠をのりこえて、こんなすてきな「詩」をつれて、再会のときをもったのでした。

阿見　みどり

NDC911
神奈川　銀の鈴社　2010
80頁 21cm（風のほとり）

ジュニアポエムシリーズ　208
2010年9月1日初版発行
本体1,200円＋税

風のほとり

著　者　小関　秀夫© 絵・阿見　みどり
シリーズ企画　㈱教育出版センター
発行者　柴崎聡・西野真由美
編集発行　㈱銀の鈴社 TEL 0467-61-1930 FAX 0467-61-1931
〒248-0005　神奈川県鎌倉市雪ノ下3-8-33
http://www.ginsuzu.com
E-mail info@ginsuzu.com

ISBN978-4-87786-208-4 C8092
落丁・乱丁本はお取り替え致します
印　刷　電算印刷
製　本　渋谷文泉閣

…ジュニアポエムシリーズ…

No.	著者	書名	受賞等
1	鈴木敏史詩集 宮下琢郎・絵	星の美しい村	★☆
2	小池知子詩集 高志孝子・絵	おにわいっぱいぼくのなまえ	★☆
3	鶴岡千代子詩集 武田淑子・絵	白い虹	児文芸新人賞
4	楠木しげお詩集 久保雅勇・絵	カワウソの帽子	
5	津坂治男詩集 垣内美穂・絵	大きくなったら	★
6	後藤れい子詩集 山本まつ子・絵	あくたれぼうずのかぞえうた	
7	北村蔦子詩集 柿本幸造・絵	あかちんらくがき	
8	吉田瑞穂詩集 吉田翠・絵	しおまねきと少年	⌺★◎
9	新川和江詩集 葉祥明・絵	野のまつり	★☆
10	阪田寛夫詩集 織茂恭子・絵	夕方のにおい	◈★☆○
11	高田敏子詩集 若山憲・絵	枯れ葉と星	★☆
12	原田直友詩集 吉田翠・絵	スイッチョの歌	★◎
13	小林純一詩集 久保雅勇・絵	茂作じいさん	◉★☆●◎
14	長谷川俊太郎詩集 長新太・絵	地球へのピクニック	★◎
15	与田準一詩集 深沢省三・深沢紅子・絵	ゆめみることば	★
16	岸田衿子詩集 中谷千代子・絵	だれもいそがない村	
17	江間章子詩集 榊原直美・絵	水と風	◇◎
18	原田直友詩集 小野まり・絵	虹—村の風景—	★
19	福田正夫詩集 福田達夫・絵	星の輝く海	★☆
20	草野心平詩集 長野ヒデ子・絵	げんげと蛙	★☆○◇
21	宮田滋子詩集 青木まさる・絵	手紙のおうち	☆○
22	久保田昭三詩集 斎藤彬子・絵	のはらでさきたい	
23	鶴岡千代子詩集 加倉井和夫・武田淑子・絵	白いクジャク	★●
24	尾上尚子詩集 まど・みちお・絵	そらいろのビー玉	★☆ 児文協新人賞
25	水上紅詩集 深沢紅子・絵	私のすばる	☆
26	野呂昶詩集 福島一二三・絵	おとのかだん	★
27	こやま峰子詩集 武田淑子・絵	さんかくじょうぎ	☆
28	青戸かいち詩集 駒宮録郎・絵	ぞうの子だって	
29	まきたかし詩集 福田達夫・絵	いつか君の花咲くとき	★☆♡
30	薩摩忠詩集 駒宮録郎・絵	まっかな秋	★☆♡
31	新川和江詩集 福島一二三・絵	ヤァ！ヤナギの木	★☆○♡
32	井上靖詩集 駒宮録郎・絵	シリア沙漠の少年	★☆♡
33	古村徹三 詩・絵	笑いの神さま	
34	江上波夫詩集 青空風太郎・絵	ミスター人類	○☆
35	秋原秀夫詩集 鈴木義治・絵	風の記憶	★◎
36	水村三千夫詩集 武田淑子・絵	鳩を飛ばす	
37	久冨純江詩集 渡辺安芸夫・絵	風車 クッキングポエム	
38	日野生三詩集 吉野晃希男・絵	雲のスフィンクス	★
39	佐藤雅子詩集 佐藤太清・広瀬きよみ・絵	五月の風	★
40	小黒恵子詩集 武田淑子・絵	モンキーパズル	★
41	木村信子詩集 山本典子・絵	でていった	★
42	中野栄子詩集 吉田翠・絵	風のうた	☆
43	宮田滋子詩集 牧村慶子・絵	絵をかく夕日	★
44	大久保ティ子詩集 渡辺安芸夫・絵	はたけの詩	★☆
45	秋原秀夫詩集 赤星亮衛・絵	ちいさなともだち	♥

☆日本図書館協会選定
★全国学校図書館協議会選定
□少年詩賞　■茨城県すいせん図書
○厚生省中央児童福祉審議会すいせん図書
●日本童謡賞　♧岡山県選定図書
♡日本子どもの本研究会選定
♥秋田県選定図書
♣愛媛県教育会すいせん図書
◇岩手県選定図書
◆京都府選定図書
⌺芸術選奨文部大臣賞
◉赤い鳥文学賞　◈赤い靴賞

…ジュニアポエムシリーズ…

46 日友靖子詩集 藤城清治・安西明美・絵 猫曜日だから ◆☆
47 秋葉てる代詩集 武田淑子・絵 ハープムーンの夜に ♡
48 こやま峰子詩集 山本省三・絵 はじめのいーっぽ ★♡
49 黒柳啓子詩集 金子滋・絵 砂かけ狐 ♡
50 三枝ますみ詩集 武田淑子・絵 ピカソの絵 ☆♡●
51 夢虹二詩集 武田淑子・絵 とんぼの中にぼくがいる ♡○♥
52 はたちよしこ詩集 まど・みちお・絵 レモンの車輪 □♧
53 大岡信詩集 葉祥明・絵 朝の頌歌 ★☆♡♥◎
54 吉田瑞穂詩集 吉田翠・絵 オホーツク海の月 ★☆♡
55 さとう恭子詩集 村上保・絵 銀のしぶき ★☆♡
56 星乃ミミナ詩集 葉祥明・絵 星空の旅人 ★☆♡
57 葉祥明 詩・絵 ありがとう そよ風 ★♡▲
58 青戸かいち詩集 初山滋・絵 双葉と風
59 小野ルミ詩集 和田誠・絵 ゆきふるるん ★☆●♡
60 なぐもはるき 詩・絵 たったひとりの読者 ★♡♧

61 小関秀夫詩集 小倉玲子・絵 風《かざ》栞《しおり》 ★♡♥
62 海沼松世詩集 守下さおり・絵 かげろうのなか ☆♡
63 山本龍生詩集 小倉玲子・絵 春行き一番列車 ♡
64 小泉周二詩集 深沢省三・絵 こもりうた ★☆♡
65 かわてせいぞう詩集 若山憲・絵 野原のなかで ♡★♥
66 えぐちまき詩集 赤星亮衛・絵 ぞうのかばん ♡◆♥
67 池田あきつ詩集 小倉玲子・絵 天気雨 ♡
68 藤井則行詩集 君島美知子・絵 友へ ♡♤
69 藤哲生詩集 武田淑子・絵 秋いっぱい ★♠
70 日友靖子詩集 深沢紅子・絵 花天使を見ましたか ★
71 吉田瑞穂詩集 吉田翠・絵 はるおのかきの木 ★
72 小島禄琅詩集 中村陽子・絵 海を越えた蝶 ☆★♥♡
73 にしおまさこ詩集 杉田幸子・絵 あひるの子 ★
74 山下竹二詩集 徳田徳志芸・絵 レモンの木 ★
75 高崎乃理子詩集 奥山英俊・絵 おかあさんの庭 ★♡

76 檜きみこ詩集 広瀬弦・絵 しっぽいっぽん ★●□☆♡
77 たかはしけいこ詩集 高田三郎・絵 おかあさんのにおい ♡♣□
78 星乃ミミナ詩集 深澤邦朗・絵 花かんむり ♥☆♡
79 佐藤照雄詩集 津波信久・絵 沖縄 風と少年 ☆♡★
80 相馬梅子詩集 やなせたかし・絵 真珠のように ♥★
81 小島禄琅詩集 深沢紅子・絵 地球がすきだ ★
82 鈴木美智子詩集 黒澤梧郎・絵 龍のとぶ村 ◇★♥
83 いがらしれいこ詩集 高田三郎・絵 小さなてのひら ☆
84 宮入黎子詩集 小倉玲子・絵 春のトランペット ☆★
85 下田喜久美詩集 方振寧・絵 ルビーの空気をすいました ☆
86 野呂昶詩集 方振寧・絵 銀の矢ふれふれ ★
87 ちよはらまちこ詩集 ちよはらまちこ・絵 パリパリサラダ ★
88 秋原秀夫詩集 徳田徳志芸・絵 地球のうた ☆★
89 中島あやこ詩集 井上緑・絵 もうひとつの部屋 ★
90 藤川こうのすけ詩集 葉祥明・絵 こころインデックス ☆

✼サトウハチロー賞 ✣毎日童謡賞
☼三木露風賞
♤福井県すいせん図書
▲神奈川県児童福祉審議会推薦優良図書
♠奈良県教育研究会すいせん図書
❖北海道選定図書 ⚇三越左千夫少年詩賞
⊕静岡県すいせん図書
◎学校図書館ブッククラブ選定図書

…ジュニアポエムシリーズ…

△長野県教育委員会すいせん図書　✡㈶日本動物愛護協会推薦図書
◉茨城県推奨図書

…ジュニアポエムシリーズ…

136 秋葉てる代詩集 やなせたかし・絵　おかしのすきな魔法使い ✿●★
137 青戸かいち詩集 永田萠・絵　小さなさようなら ✿★
138 柏木恵美子詩集 高田三郎・絵　雨のシロホン ♡★
139 藤井則行詩集 阿見みどり・絵　春だから ♡★◎
140 黒田勲子詩集 山中冬二・絵　いのちのみちを
141 南郷芳明詩集 的場豊子・絵　花時計
142 やなせたかし 詩・絵　生きているってふしぎだな
143 内田麟太郎詩集 斎藤隆夫・絵　うみがわらっている
144 しまざきふみ詩集 島崎奈緒・絵　こねこのゆめ ♡
145 糸永えつこ詩集 武井武雄・絵　ふしぎの部屋から ♡
146 石坂きみこ詩集 鈴木英二・絵　風の中へ ♡
147 坂本のこ詩集 坂本こう・絵　ぼくの居場所 ♡
148 島村木綿子 詩・絵　森のたまご ✿
149 楠木しげお詩集 わたせせいぞう・絵　まみちゃんのネコ ★
150 牛尾良子詩集 上矢津・絵　おかあさんの気持ち ♡

151 三越左千夫詩集 阿見みどり・絵　せかいでいちばん大きなかがみ ★
152 水村三千夫詩集 高見八重子・絵　月と子ねずみ
153 川越文子詩集 横松桃子・絵　ぼくの一歩ふしぎだね ★
154 すずきゆかり詩集 葉祥明・絵　まっすぐ空へ
155 西田純詩集 葉祥明・絵　木の声水の声
156 清野倭文子詩集 水科舞・絵　ちいさな秘密《ひみつ》
157 川奈静詩集 直江みちる・絵　浜ひるがおはパラボラアンテナ ★◎
158 若木良水詩集 西真里子・絵　光と風の中で
159 牧陽子詩集 渡辺あきお・絵　ねこの詩 ★◎
160 宮田滋子詩集 阿見みどり・絵　愛一輪 ★◎
161 井上灯美子詩集 唐沢静・絵　ことばのくさり ☆●
162 滝波万理子詩集 滝波裕子・絵　みんな王様《おうさま》 ★●
163 冨岡みち詩集 関口コオ・絵　かぞえられへんせんぞさん ★
164 垣内磯子詩集 辻恵子・切り絵　緑色のライオン ★◎
165 すぎもとれいこ詩集 平井辰夫・絵　ちょっといいことあったとき ★

166 岡田喜代子詩集 おぐらひろかず・絵　千年の音 ★☆◎
167 川奈静詩集 直江みちる・絵　ひもの屋さんの空 ★◎☆♥♡
168 鶴岡千代子詩集 武田淑子・絵　白い花火 ★☆
169 井上灯美子詩集 唐沢静・絵　ちいさい空をノックノック ★◎☆
170 尾崎杏子詩集 ひなた山すじゅう郎・絵　海辺のほいくえん ☆♡★◎
171 柘植愛子詩集 やなせたかし・絵　たんぽぽ線路 ☆♡★◎●
172 小林比呂古詩集 うめざわのりお・絵　横須賀スケッチ ☆★◎♡▲
173 林佐知子詩集 串田敦子・絵　きょうという日 ☆★◎♡▲
174 後藤基宗子詩集 岡澤由紀子・絵　風とあくしゅ ☆♥★◎♡
175 土屋律子詩集 高瀬のぶえ・絵　るすばんカレー ☆♡★◎▲
176 三輪アイ子詩集 深沢邦朗・絵　かたぐるましてよ ★☆♡
177 田辺瑞美子詩集 西真里子・絵　地球賛歌 ☆★◎
178 高瀬美代子詩集 小倉玲子・絵　オカリナを吹く少女 ☆♡
179 中野惠子詩集 串田敦子・絵　コロポックルでておいで ★♡☆●
180 松井節子詩集 阿見みどり・絵　風が遊びにきている ★☆♡▲

…ジュニアポエムシリーズ…

181 新谷智恵子詩集 徳田徳志芸・絵 とびたいペンギン 佐世保文学賞 ▲♡★◎

182 牛尾良子詩集 牛尾征治・写真 庭のおしゃべり ♡★◎

183 三枝ますみ詩集 髙見八重子・絵 サバンナの子守歌 ☆★

184 佐藤雅子詩集 佐藤太清 菊池治子・絵 空の牧《まき》場《ば》 ☆★♡■◎

185 山内弘子詩集 おぐらひろかず・絵 思い出のポケット ♡★●

186 山内弘子詩集 阿見みどり・絵 花の旅人 ♡★▲

187 原国子詩集 牧野鈴子・絵 小鳥のしらせ ♡★△◎

188 人見敬子詩・絵 方《はこ》舟《ぶね》地球号 —いのちは元気— ♡★◎

189 林佐知子詩集 串田敦子・絵 天にまっすぐ ★☆♡◎

190 小臣富子詩 渡辺あきお・絵 わんさかわんさかどうぶつさん ✡♡★◎

191 川越文子詩 かまだちえみ・写真 もうすぐだからね ♡★◎

192 永田喜久男詩 武田淑子・絵 はんぶんごっこ ☆★◎♡

193 吉田房子詩 大和田明代・絵 大地はすごい ★◎♡

194 石井春香詩集 髙見八重子・絵 人魚の祈り ★♡

195 石原一輝詩集 小倉玲子・絵 雲のひるね ♡

196 たかはしけいこ詩集 髙橋敏彦・絵 そのあと ひとは ★

197 宮田滋子詩集 おおた慶文・絵 風がふく日のお星さま ★♡◎

198 渡辺恵美子詩集 つるみゆき・絵 空をひとりじめ ★♡●

199 宮中雲子詩集 西真里子・絵 手と手のうた ★

200 杉本深由起詩集 太田大八・絵 漢字のかんじ ★♡

201 井上灯美子詩集 唐沢静・絵 心の窓が目だったら ★♡

202 峰松晶子詩集 おおた慶文・絵 きばなコスモスの道 ★♡

203 高橋文子詩集 山中桃子・絵 八丈太鼓 ★♡

204 長野貴子詩集 武田淑子・絵 星座の散歩 ★♡

205 江口正子詩集 髙見八重子・絵 水の勇気

206 藤本美智子詩・絵 緑のふんすい

207 林佐知子詩集 串田敦子・絵 春はどどど

208 小関秀夫詩集 阿見みどり・絵 風のほとり

209 宗美津子詩集 宗信寛・絵 きたのもりのシマフクロウ

210 かわてせいぞう詩集 髙橋敏彦・絵 流れのある風景

211 土田律子詩集 高瀬のぶえ・絵 ただいまぁ

212 永田喜久雄詩集 戸部翼・きり絵 かえっておいで

※発行年月日は、シリーズ番号順と異なり前後することがあります。

ジュニアポエムシリーズは、子どもにもわかる言葉で真実の世界をうたう個人詩集のシリーズです。

本シリーズからは、毎回多くの作品が教科書等の掲載詩に選ばれており、1975 年以来、全国の小・中学校の図書館や公共図書館等で、長く、広く、読み継がれています。

心を育むポエムの世界。

一人でも多くの子どもや大人に豊かなポエムの世界が届くよう、ジュニアポエムシリーズはこれからも小さな灯をともし続けて参ります。